Título del original alemán: *Ein Jahr mit den Spatzen*
Traducción de Juan Miguel Miera
© 2013 Gerstenberg Verlag, Hildesheim, Germany
© para España y el español: Lóguez Ediciones 2015
Todos los derechos reservados
Printed in Spain: Grafo, S.A.
ISBN: 978-84-944295-0-7
Depósito legal: S.333-2015
www.loguezediciones.es

Thomas Müller

Un año con los gorriones

Lóguez

El gorrión macho, con el pecho henchido de orgullo,
termina de anunciar al mundo entero su descubrimiento:
la caja nido en el patio interior. Sin embargo,
se ha presentado su antiguo propietario. Y con él no valen
las bromas.

No sirve de nada. El estornino es el más fuerte. Chillando,
el gorrión tiene que abandonar el terreno. Resulta un débil
consuelo que dos gorriones de su antigua pandilla
lo apoyen en su protesta.

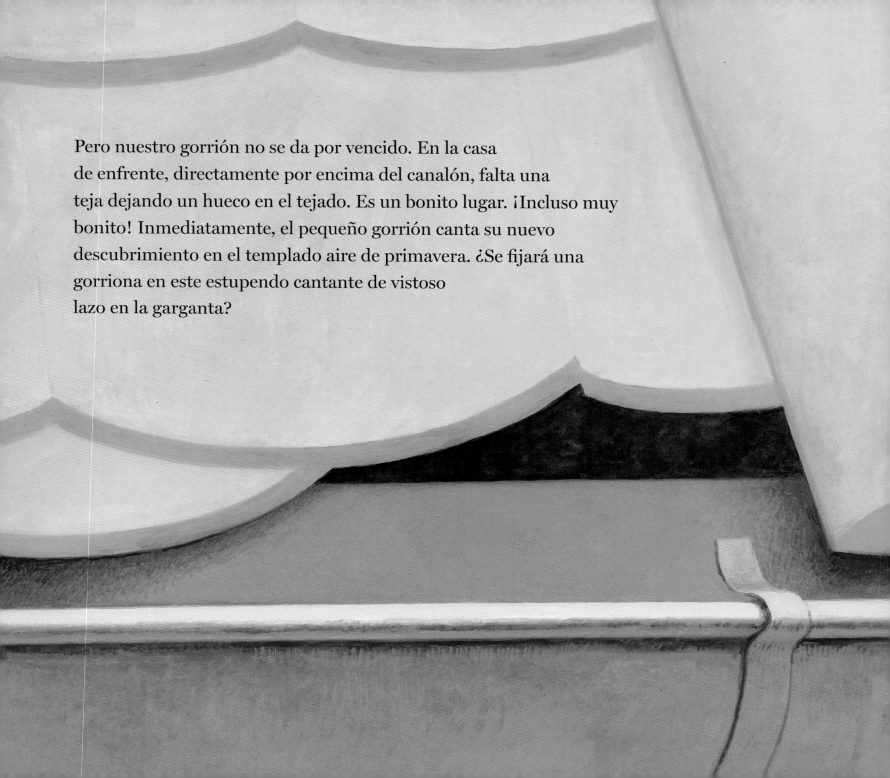

Pero nuestro gorrión no se da por vencido. En la casa
de enfrente, directamente por encima del canalón, falta una
teja dejando un hueco en el tejado. Es un bonito lugar. ¡Incluso muy
bonito! Inmediatamente, el pequeño gorrión canta su nuevo
descubrimiento en el templado aire de primavera. ¿Se fijará una
gorriona en este estupendo cantante de vistoso
lazo en la garganta?

Efectivamente, una vivaracha gorriona encuentra atractiva
la invitación del altivo gorrión. Examina el lugar para anidar,
prueba a entrar y salir, comprueba el entorno y se da por satisfecha.
Entonces, se presenta nuestro gorrión y ya no hay nada que
impida una boda de gorriones.

A los pocos días, los dos han construido el nido. Un auténtico nido de gorriones: blando, acolchado con plumas y mucho más resistente de lo que parece a primera vista. Dentro, la hembra ha puesto cuatro huevos moteados. Ambos gorriones se alternan en su incubación. Los huevos tienen que mantenerse suficientemente calientes porque en su interior crecen los pequeños gorriones.

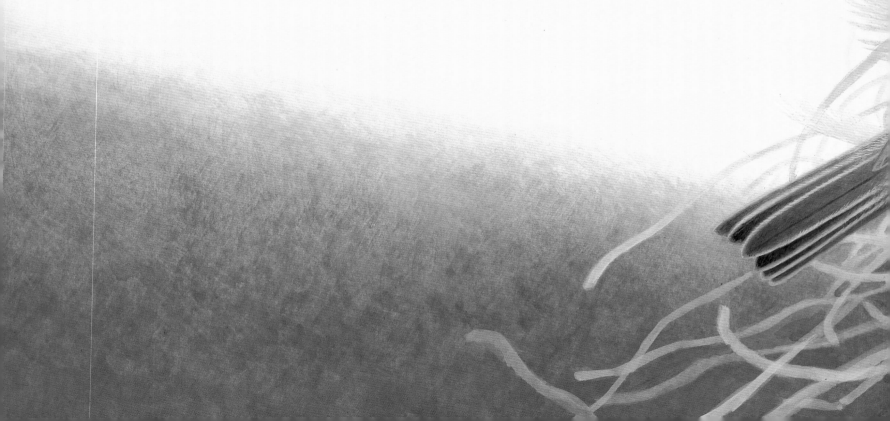

A los trece días, los pequeños gorriones rompen desde dentro
la cáscara y salen de los huevos. Todavía están
desnudos y ciegos. Amorosamente, son alimentados por sus
padres. Al principio, sólo con pequeños insectos y orugas;
más tarde, con tiernas semillas. Solamente cuando son más grandes,
les han salido plumas y han abierto sus ojos, los padres les traen
granos como alimento, mantienen limpio el nido y se llevan
los excrementos envueltos en una telilla fuera del nido.

Con buena alimentación, los pequeños gorriones crecen rápido. En el nido cada vez hay menos sitio. Y, pasados los primeros dieciséis días de sus vidas en su cálido, protegido nido, lo abandonan echándose a volar casi todos a la vez.

Durante unos días, todavía serán alimentados por sus padres fuera del nido, después tendrán que enfrentarse ellos mismos a los desafíos en sus nuevas vidas.

Los gorriones son muy sociables y casi siempre se mantienen en grupo. Juntos, vuelan en busca de comida, exploran su entorno, en lugares que son un paraíso, especialmente para gorriones, con comida a rebosar. Y, además, encuentran fina arena donde darse un baño de gorriones.

En los días calurosos, donde mejor se está es en el parque. Mientras tanto, los jóvenes gorriones son tan hábiles como los mayores. Naturalmente, tienen que tener cuidado —en todas partes, puede aparecer un gato o un perro—. Pero, para los gorriones valientes, en casi todos los sitios hay algo exquisito.

Así, el verano llega volando. Es tiempo de cosecha.
Nuestros gorriones se desplazan a las afueras de la ciudad, allí
donde se encuentran los primeros campos. Cuando se cosechan
los cereales, siempre caen granos en la tierra.
Comen hasta ponerse gordos y orondos, almacenando en
sus cuerpos reservas de grasa para las épocas
frías del año.

Finalmente, caen las primeras nieves. Sin embargo, los gorriones son inquietos y saben cómo ayudarse. Y aunque el tiempo sea frío y desapacible y poco a poco escasee el alimento, encuentran granos, semillas y restos de comida de las personas.
¡Y además están las casitas comederos!

Pero puede resultar peligroso.
El gavilán sabe que en ese lugar
puede conseguir pequeños,
tiernos pájaros.

Y aunque el frío sea intenso, la ciudad ofrece
muchos lugares protegidos para nuestros gorriones.
Así, en las noches frías de invierno, muy juntos
unos con otros, sueñan con despreocupados
veranos de gorrión.

Cuando, por fin, la primavera embellece nuevamente el campo y
la ciudad, entonces se puede oír de nuevo por todas partes el trinar
de los gorriones junto al cántico de mirlos, jilgueros y
carboneros.

Y seguro que, en algún lugar, un gorrión, con el pecho
henchido de orgullo, se pregonará a sí mismo y su
maravilloso sitio para anidar.

De interés

Todos conocemos al gorrión, ese robusto, inquieto pájaro cantarín, unido estrechamente a la vida de las personas, que se encuentra en cada ciudad como en su casa. El GORRIÓN COMÚN, que juntamente con el gorrión moruno, denominado sencillamente pardal es, con el pinzón, el pájaro más frecuente en el centro y sur de Europa. Los machos se diferencian en su aspecto claramente de las hembras. El gorrión común construye preferentemente su nido en orificios de paredes, detrás de canalones, bajo las tejas y en nidos de madera prefabricados. Resulta fácil reconocerles en su "desordenada" construcción y por la gran cantidad de plumas de pájaros.

Los gorriones son muy sociables y, generalmente, se presentan en grupo. Hubo épocas en las que fueron enconadamente perseguidos porque, en grandes bandadas, saqueaban el trigo de los campos. Actualmente, en Europa Occidental, el número de ejemplares del gorrión común ha descendido fuertemente. La causa es la transformación sufrida en nuestro medio ambiente. Las casas son saneadas de forma que encuentran menos posibilidades de anidar en ellas, y la agricultura industrial, con sus gigantescas y completas máquinas cosechadoras, apenas si deja granos en los campos de cultivo. Lo que conduce a que estos simpáticos, inquietos personajes sean ya poco frecuentes en algunos lugares.

El GORRIÓN MOLINERO es, como especie, después del común, el más frecuente. Tiene un tamaño ligeramente más pequeño que el común y se le puede encontrar en zonas agrícolas y a las afueras de la ciudad. Machos y hembras no se diferencian en su aspecto exterior. Ambos tienen una caperuza marrón y una mancha negra en sus blancas mejillas. El gorrión molinero construye sus nidos en las oquedades de los árboles y en cajas nido.

El GORRIÓN MORUNO vive en el sur de Europa. El macho se parece al gorrión común pero tiene una coronilla de color castaño. A la hembra, apenas si puede diferenciársela de la del gorrión común. Como éste, el gorrión moruno anida en nichos de edificios y, sin embargo, con más frecuencia formando colonias en arbustos y grupos de árboles en las cercanías de zonas húmedas y de ríos.

El GORRIÓN ALPINO vive en las regiones rocosas. Es algo más grande que el gorrión común y se le puede encontrar con frecuencia en las zonas de esquí y en la cercanía de refugios y hoteles de montaña.